Laura Seide

Tore Tveit

MEIN KLEINER GROSSER BRUDER

Tore Tveit

MEIN KLEINER GROSSER BRUDER

Georg
Bitter
Verlag

CIP-Titelaufnahme der Deutschen Bibliothek

Tveit, Tore:
Mein kleiner großer Bruder / Tore Tveit. [Aus dem Norweg. übers. von Hans-Ole Korsgaard]. - Recklinghausen : Bitter, 1991
ISBN 3-7903-0408-5

Aus dem Norwegischen übersetzt von
Hans-Ole Korsgaard

Einbandgestaltung und Illustrationen: Sissel Gjersum.
Gesetzt aus der Garamond 12/15
Druck, Einband: Ebner Ulm

ISBN 3-7903-0408-5

Inhalt

Mein kleiner großer Bruder

Ich habe einen kleinen großen Bruder.

Er ist größer als ich. Und er ist drei Jahre älter.

Trotzdem ist er klein, solange ich mich erinnern kann.

Findest du das merkwürdig?

Es ist ein bißchen merkwürdig. Aber ich werde versuchen, es zu erklären.

Wenn ich sage, daß er klein ist, obwohl er größer ist als ich, so deshalb, weil er irgendwie klein ist in sich drin.

Mutter sagt, daß er in sich drin immer klein bleiben wird. Deswegen wird er allein nie zurechtkommen. Er wird immer jemanden brauchen, der ihm hilft.

Jetzt wirst du vielleicht fragen, ob etwas mit ihm nicht in Ordnung ist. Als ich kleiner war, habe ich Vater das gleiche gefragt.

“Stimmt etwas nicht mit Kjell?” habe ich gefragt. Er heißt nämlich Kjell, mein kleiner großer Bruder.

Vater hat lange über seine Antwort nachgedacht.

“Nur wenn wir Kjell mit uns vergleichen, stimmt etwas mit ihm nicht”, sagte Vater. “Und wenn wir meinen, daß etwas mit allen nicht stimmt, die nicht genauso sind wie wir, dann ist das doch nicht richtig, oder?”

“Nein”, sagte ich, obwohl ich nicht ganz verstanden hatte, was er meinte.

“Eigentlich sind wir alle verschieden”, sagte Vater. “Und dann würden alle sagen, daß etwas mit den anderen nicht stimmt. Du würdest sagen, daß etwas mit mir nicht stimmt. Und ich würde sagen, daß etwas mit dir nicht stimmt. Denn wir beide sind auch verschieden, nicht wahr?"

Jetzt, wo ich größer bin, verstehe ich, was Vater gemeint hat. Ich verstehe, daß Kjell eigentlich nichts fehlt. Er ist nur anders als du und ich.

Mein kleiner großer Bruder ist dreizehn Jahre alt. Jetzt kannst du selber ausrechnen, wie alt ich bin. Du erinnerst dich ja noch, daß er drei Jahre älter ist als ich?

Kjell hat etwas schräge Augen. Deswegen ist er den Menschen in China und Japan ein wenig ähnlich. Die Menschen, die dort wohnen, gehören der mongolischen Rasse an. Deswegen sagt man auch, daß mein Bruder mongoloid ist. Es gibt auch andere Namen dafür: Aber ich finde "mongoloid" in Ordnung. Denn das ist irgendwie, als ob er einer anderen Rasse angehören würde. Trotzdem ist er mein Bruder.

Es ist gleichzeitig gut und schlecht, so einen großen Bruder zu haben. Aber wenn ich es mir recht überlege, dann ist es eigentlich meistens gut. Und das, glaube ich, wirst auch du denken, wenn du ihn besser kennenlernst.

Ich möchte gerne, daß du ihn besser kennenlernst. Dann würdest du keine Angst haben oder lachen, wenn du ihn triffst.

Weil mein großer Bruder in sich drin klein ist, verstehst du bestimmt, daß ich ihm oft helfen muß. Und ich muß oft auf ihn aufpassen.

Das kann ab und zu schwierig sein. Es kommt nämlich vor, daß Kjell Sachen macht, die wir für verrückt halten, die er aber ganz in Ordnung findet. Anscheindend denkt er, daß es ganz in Ordnung ist, eine Blume aus dem Topf zu

ziehen. Mutter und Vater finden das nicht. Sie finden es auch nicht in Ordnung, daß Kjell später versucht, die Blume auf dem Teppich einzupflanzen.

Ab und zu findet Kjell es lustiger, das Essen an die Wand zu schmeißen, als es aufzuessen.

Oder die Milch auf die Tischplatte zu gießen und seine Hände in sie reinzuhauen, so daß sie aufspritzt. Ich kann ihn gut verstehen. Ich möchte so was auch ab und zu tun. Aber wenn ich es täte, würde ich bestimmt ausgeschimpft. Kjell wird nicht ausgeschimpft. Mutter und Vater sind ärgerlich, wenn er so was macht. Sie gucken ihn streng an

und sagen: “Nein, nein Kjell. Pfui!” Dann aber lacht Kjell nur; so, daß ihm fast die Luft wegbleibt. Und Mutter und Vater müssen auch lächeln. Ab und zu kriegt Kjell einen Klaps auf die Hand, wenn er so was macht. Dann kann es passieren, daß er die Unterlippe vorschiebt und sauer wird. Er versteht bestimmt, daß er etwas Falsches gemacht hat. Und er macht so was jetzt nicht mehr so oft wie früher. Kjell kann nicht sprechen und Worte gebrauchen so wie ich. Trotzdem versteht er manche der Worte, die ich gebrauche. Und ich verstehe manche der Laute und Zeichen, die er gebraucht. Er zeigt einen Kreis mit Daumen und Zeigefinger, wenn er eine Apfelsine möchte. Oder er macht Bewegungen, als ob man eine Kuh melkt, wenn er Milch möchte. Wenn er aufs Klo muß, schlägt er sich mit der Hand auf den Hintern. Und hat er Hunger und möchte was essen, klatscht er auf seinen Mund.

Natürlich kommt es auch vor, daß ich nicht verstehe, was er meint oder möchte. Dann sieht er mich mit seinen schrägen Augen an. Und er sieht traurig oder ärgerlich aus. Dann glaube ich, daß er mich dumm findet, weil ich ihn nicht verstehe.

Aber jetzt verstehe ich das meiste von seiner Sprache. Eigentlich ist es nicht so schwer. Hauptsache, man will verstehen.

Stell dir vor, daß du in einem weit entfernten Land wohnst. Dann würdest du eine ganz andere Sprache sprechen als ich. Stell dir dann vor, daß wir uns irgendwo treffen und versuchen würden, uns kennenzulernen. Ich bin mir ganz sicher: Wenn wir es wirklich möchten, könnten wir einander auch verstehen. Und wenn wir uns näher kennengelernt hätten, würden wir einander auch besser verstehen. Glaubst du nicht auch? Du würdest mehr von meiner Sprache lernen und ich von deiner. Und dann würden wir vielleicht die beiden Sprachen mischen. Wir würden eine ganz eigene Sprache bekommen, die nur du und ich benutzten. So etwa ist es mit Kjell und mir. Wir haben eine ganz eigene Sprache. Und diese Sprache ist ein Gemisch aus seiner Sprache und meiner. Seine Sprache besteht aus Lauten und Zeichen, meine aus Worten.

Ich bin mir sicher, daß wir alle lernen können, uns zu verstehen. Wir müssen es nur wollen.

Mutter sagt das auch.

“Es kommt nur auf den Willen an”, sagt sie.

Einmal, als sie das sagte, fiel mir etwas ein, und ich mußte sie dazu was fragen.

“Manchmal sagst du, daß du Vater nicht verstehst”, sagte ich.

“Ist das, weil du ihn nicht verstehen willst? Oder wenn Vater sagt, daß er Frauen nicht vestehen kann, will er dann Frauen nicht verstehen?”

Mutter lächelte mich an. Aber ich konnte sehen, daß es ihr ein bißchen peinlich war. Dann hat sie gesagt, daß ich bestimmt recht hätte. Und sie hat hinzugefügt, daß wir nicht immer gleich tüchtig sind, wenn es um das Verstehen geht.

“Obwohl wir wissen, was richtig ist, tun wir es trotzdem nicht immer”, sagte sie.

Ich habe es schön gefunden, daß sie es sagte. So habe ich erkannt, daß Erwachsene doch nicht anders sind, als wir Kinder.

Das Schulkonzert

An fünf Tagen in der Woche bin ich in der Schule. Ich fahre mit dem Bus um acht Uhr morgens. Nachmittags um halb drei Uhr komme ich wieder nach Haus.

Auch Kjell geht in eine Art Schule. Sie wird Tagesstätte genannt. Da lernt er natürlich nicht das gleiche wie ich in der Schule. Das verstehst du sicher, daß er das nicht kann. Aber er lernt viele andere Sachen. Er lernt mehr von seiner Sprache, also mehr Zeichen. Und wenn er ein neues Zeichen gelernt hat, bekommen Mutter und Vater eine Mitteilung darüber. Dann können wir das Zeichen zu Hause benutzen, und wir verstehen, was Kjell meint, wenn er es benutzt.

Kjell lernt auch viele andere Sachen in der Tagesstätte. Er lernt, sich an- und auszuziehen. Er lernt, wie man mit Löffel und Gabel ißt. Und er lernt auch, wie man Puzzles legt. Du erinnerst dich bestimmt, daß du viele solche Sachen gelernt hast, als du klein warst. Weil Kjell in sich drin klein ist, muß er sie jetzt lernen.

Es wird viel Musik gemacht in der Tagesstätte. Kjell mag Musik ganz gern. In der Tagesstätte gibt es Lehrer, die Gitarre oder Klavier spielen können. Sie spielen oft für Kjell. Dann sitzt er da, hört zu und schaukelt im Takt zu der Musik. Oder er bekommt eine Trommel, auf die er schlägt.

Eines Tages sollte in meiner Schule ein Konzert gegeben werden. Das Konzert sollte in der dritten Stunde sein. Wir haben uns darauf gefreut. Es macht immer Spaß, wenn sich etwas Außergewöhnliches in der Schule ereignet. Diesmal sollten zwei Damen und zwei Herren für uns singen und spielen.

Das Konzert sollte in der Turnhalle gegeben werden. Alle Schüler aus der ersten bis vierten Klasse sollten zuhören. Diejenigen, die für uns spielen und singen sollten, standen ganz vorn. Sie mußten eine Weile darauf warten, daß es still wurde. Es dauert immer ein bißchen, bis alle ruhig werden. Das hast du bestimmt selbst schon erlebt. Die Lehrer sagen, daß wir leise werden sollen. Aber irgendwie gibt es Sachen, die man machen muß, bevor man zur Ruhe kommt. Wir müssen uns ein bißchen mit den Leuten vor uns beschäftigen. Wir müssen ein bißchen reden und lachen. Und wir müssen uns gegenseitig ärgern.

Aber schließlich wurde es dann doch fast ganz leise. Das Konzert konnte anfangen. Da genau passierte es. Ich habe einen Finger in meinem Rücken gespürt. Zuerst habe ich gedacht, daß es sich um das übliche Necken handele. Ich habe mich schnell umgedreht, um die Hand zu greifen. Hinter mir saß ein Junge aus meiner Klasse.

“Da kommt dein Bruder”, hat er gesagt.

Ich habe zur Tür hingeguckt. Da kam Kjell zusammen mit einem der Lehrer aus der Tagesstätte. Kjell hat übers ganze Gesicht gelächelt.

Auf einmal habe ich gemerkt, daß ich mich auf meinem Stuhl ganz klein gemacht habe. Ich wollte nicht, daß Kjell mich sehen sollte.

Als ich hochguckte, sah ich, wie Kjell und sein Lehrer zur ersten Reihe gingen und Platz nahmen.

Ich habe die Leute um mich herum nicht angesehen.

Aber ich habe in mir gespürt, daß alle Anwesenden mich angestarrt haben. Eine kleine Weile war es ganz still im Saal. Dann haben sie um mich herum zu flüstern angefangen.

Jetzt habe ich nur noch auf den Boden gestarrt. Eine unangenehme Wärme war mir in den Kopf gestiegen.

Sie haben ganz sicher über Kjell geflüstert. Und über mich, seinen Bruder. Meine Hände wurden naß. Ich habe sie an meinen Oberschenkeln abgerieben.

“Jetzt muß das Konzert endlich anfangen”, dachte ich. “Es muß. Jetzt, jetzt, jetzt!”

Endlich haben sie angefangen zu spielen. Erst dann merkte ich, daß ich den Atem angehalten hatte. Ich habe mich immer noch nicht getraut aufzublicken. Ich war mir sicher, alle würden mich angucken. Die Stadt, in der ich wohne, ist nicht sehr groß. Alle wissen, daß Kjell mein Bruder ist.

Ich habe schnell hochgeguckt. Alle haben anscheinend nach vorne geschaut auf die, die gespielt und gesungen haben. Ich fühlte mich erleichtert. Aber ich habe der Musik nicht zuhören können. Ich habe die ganze Zeit den Platz angestarrt, wo Kjell saß. Es war, als ob ich auf etwas Schlimmes gewartet hätte.

Und dann ist es passiert. Ich sah, wie Kjell sich erhob. Er hat angefangen, auf der Stelle zu treten und in die Hände zu klatschen. Er hat seltsame Geräusche von sich gegeben. Als ob er mitsingen wollte.

“Ba, ba, ba. Baka, baka, baka. Kapa, kapa, kapa.”

Und er hat gelacht, so daß ihm fast die Luft ausging.

Ich habe nichts mehr von der Musik und dem Gesang gehört. Ich habe nur Kjell gehört. Und daß jemand neben mir zu kichern und zu lachen angefangen hat.

Die Hitze, die mir in den Kopf stieg, wurde noch stärker. Es war, als ob mein ganzer Kopf brennen würde. Ich habe nicht atmen können. In meinen Ohren hat es gesaust und geklopft.

Ich bin schnell aufgestanden. Ich habe mir meinen Weg durch die Zuhörer gebahnt. Ich habe den Gang erreicht und bin zur Tür gelaufen.

Ich bin nach draußen gelaufen, über den Schulhof und in den Wald. Und die ganze Zeit hat es in meinem Kopf gebrannt.

Zum Schluß habe ich mich unter einen Baum gesetzt. Ich habe meinen Rücken und Kopf gegen den Stamm gelehnt. In mir war ein weicher, wunder Kloß, der wuchs und wuchs. Es hat weh getan. Mehr weh als alles, was ich bisher erlebt hatte.

Dann habe ich angefangen zu weinen. Die Tränen wollten nicht aufhören. Der wunde Kloß in mir war bestimmt ein Kloß aus Tränen. Jedenfalls habe ich gefühlt, daß er kleiner wurde, als ich weinte.

Es war mein Lehrer, der mich geholt hat. Auf einmal stand er vor mir und hat auf mich heruntergeguckt.

“Weißt du, wir haben es nett gefunden, daß Kjell zum Konzert gekommen ist”, sagte er.

“Es war gut zu sehen, wie er sich wohlgefühlt und amüsiert hat. Ich glaube, alle wurden froh, als sie ihn sahen.”

“Ich ...”, fing ich an. Aber ich wußte nicht, was ich sagen sollte. Ich wußte genau, daß ich nur anfangen würde zu weinen, wenn ich etwas sagte.

“Komm jetzt”, sagte der Lehrer. “Es ist Pause. Du mußt mitkommen und essen. Die anderen warten auf dich.”

BA
BA
BA

Der Rest des Tages verging sehr langsam. Die ganze Zeit war in mir eine Art Stille. Ich weiß nicht, ob es tatsächlich so war. Ich glaube, daß die Stille von all meinen Gedanken kam, die in meinem Kopf herumtaumelten.

In den Schulstunden saß ich über meine Bücher gebeugt und habe wie nie zuvor gearbeitet. Ich habe selten hochgeguckt. Ich hatte Angst, den anderen in die Augen sehen zu müssen. Und ich hatte Angst davor, was ich dort sehen würde.

Auch in den Pausen war ich meistens allein. Die anderen haben ein paarmal versucht, mich mitspielen zu lassen, aber ich wollte nicht.

Ich dachte, daß sie mich dabeihaben wollten, weil ich ihnen leid täte.

Ich wollte keinem leid tun!

Ich glaube, ich habe nichts gesagt, als wir zu Hause zu Mittag gegessen haben. Mutter und Vater haben mich etwas verwundert angeguckt. Aber sie haben nichts gesagt. Es war, als ob sie darauf warteten, daß ich zuerst etwas sage.

Ich habe schnell aufgegessen. Dann habe ich gesagt, daß ich Schularbeiten machen müßte. Ich ging in mein Zimmer und schloß die Tür hinter mir zu.

Ich fing mit den Schularbeiten an, kam aber zu nichts. Andere Gedanken drängten sich dazwischen und machten mich ganz verwirrt.

Zum Schluß habe ich mich aufs Bett geschmissen. Ich habe die Decke angestarrt. In meinem Kopf war es ganz durcheinander. Dann habe ich gedacht, daß ich mit dem Ganzen irgendwie fertig werden müsse. Ich mußte über alles nochmal nachdenken und herausfinden, was passiert war. Und ich mußte herausfinden, *warum* es passiert war.

Zuerst ärgerte ich mich über den Lehrer der Tagesstätte. Er war es, der Kjell zum Konzert mitbrachte. Und er tat es, obwohl er bestimmt wußte, daß ich da war.

Als mir das durch den Kopf gegangen war, ärgerte ich mich über mich selbst. Ich habe Kjell doch gern. Trotzdem habe ich mich geschämt, als er gekommen war. Ich habe mich über meinen Bruder geschämt.

Ich versuchte herauszufinden, warum ich mich geschämt habe. Es war nicht einfach. Dieses Gefühl war von selbst gekommen. Mir war, als wäre mir Kjell, wie er da zur Tür herein kam, noch abnormaler als sonst vorgekommen. War es, weil da so viele Menschen waren? War es, weil ich Kjell so gesehen habe, wie ich glaubte, daß die anderen ihn sehen?

Ich hätte nicht verlegen werden sollen. Trotzdem wurde ich es. Es war schwierig.

Mutter und Vater hatten mitbekommen, daß etwas los war. Jedenfalls kamen sie beide zu mir ins Zimmer, als ich zu Bett gegangen war. Sie setzten sich zu mir auf die Bettkante.

"Gibt es etwas, das du uns erzählen möchtest?" hat Mutter gefragt. Beide schauten ganz ernst drein.

Eine Weile dachte ich nach. Es war schwer, Worte zu finden für das, was passiert war. Aber ich mußte es erzählen. Und dann tat ich es auch.

"Ich habe Kjell gern", sagte ich zum Schluß. "Ich habe ihn gern! Aber ich ..."

"Wir verstehen, was du meinst", sagte Vater. "Es ging uns auch lange Zeit so."

"Seid ihr auch ... verlegen geworden wegen Kjell?" fragte ich erstaunt.

“Ja”, sagte Vater. “Sicher.”

“Wenn wir mit Kjell in ein Geschäft oder in ein Café gingen, war es mir oft peinlich”, sagte Mutter. “Wenn er etwas Ungewöhnliches machte, fühlte ich, wie ich rot anlief. Ich glaubte, alle Leute sehen uns an.”

“Und jetzt?” fragte ich.

“Es war lange Zeit schwer”, sagte Vater. “Ich habe mich nie entspannen können, wenn Kjell dabei war. Ich wartete die ganze Zeit nur darauf, daß etwas passieren würde. Aber jetzt kümmert mich das nicht mehr.”

“Mich auch nicht”, sagte Mutter. “Aber es ist schwer, und es dauert. Du wirst auch Zeit brauchen. Aber wir müssen das schaffen.”

“Weißt du, wenn wir Kjell nicht so akzeptieren wie er ist, dann können wir auch nicht erwarten, daß andere es tun. Wir müssen denken, daß wir ihn akzeptieren. Und wir müssen denken, daß wir ihn mögen. Denn wir haben ihn gern, nicht wahr? Und wir möchten auch gern, daß andere ihn mögen. Wenn sie ihn mögen sollen, müssen sie ihn kennenlernen. Und das können sie nur, wenn wir mit ihm ausgehen. Er muß überall sein können, wo wir sind.”

“Findest du das schwer”, hat Mutter gefragt.

Ich habe nur genickt.

“Weißt du, wenn es dir schwer fällt, können wir in der Tagesstätte Bescheid geben. Wir können sagen, daß sie Kjell nicht zu Schulkonzerten und ähnlichem, wo du bist, mitbringen. Möchtest du das?”

“Vielleicht”, sagte ich leise.

“Du mußt es dir überlegen”, sagte Vater.

Ich war lange wach und habe nachgedacht. Nach einer Weile hörte ich, wie Mutter und Vater zu Bett gingen. Dann bin ich aus dem Bett gestiegen und über den Flur in Kjells Zimmer geschlichen.

Kjell schlief. Ich stand da und habe ihn beobachtet. Im Schlaf sah er fast gar nicht anders aus als andere Menschen. Es kam mir vor, als ob er lächelte.

Träumte er? Oder dachte er vielleicht an das Schulkonzert? Vielleicht dachte er daran, wieviel Spaß er hatte.

Am nächsten Morgen beim Frühstück habe ich zu Mutter gesagt:

“Du sollst nichts zu denen in der Tagesstätte sagen. Es macht Kjell Spaß, in Schulkonzerte und ähnliches zu gehen. Ich ... ich muß es schaffen.”

Ich wußte nicht, ob ich es schaffen würde. Aber es war trotzdem ein gutes Gefühl, es zu sagen.

Mutter hat die Hand ausgestreckt und meine Backe gestreichelt.

Sie hat gelächelt, aber ihre Augen waren ein bißchen feucht.

Ich hoffe, daß ich nichts bereuen werde.

Kjell hat Zahnschmerzen

Stell dir vor, daß es dir irgendwo sehr weh tut. Meinetwegen hast du Zahnschmerzen.

Stell dir vor, niemand würde verstehen, daß es dir weh tut. Jedenfalls versteht keiner, wie weh es dir tut oder wo es weh tut. Die anderen verstehen es nicht, weil du nicht sprechen kannst. Du kannst deine Qual niemandem erklären. Und du bekommst auch keine Hilfe.

Was hättest du dann getan?

Vielleicht hättest du eine Weile geweint. Aber wenn das nichts hilft, würdest du vielleicht wütend werden. Und du wärst auf alle in deiner Umgebung wütend, weil sie deine Schmerzen nicht verstehen. Aber du wärst auch ärgerlich darüber, daß sie dir nicht helfen wollten.

So geht es manchmal Kjell.

Eines Tages hatte Kjell Zahnschmerzen. Wenn du mal welche gehabt hast, weißt du, wie schmerzhaft das ist. Weder Mutter noch Vater noch ich haben gewußt, daß Kjell Zahnschmerzen hatte. Das haben wir erst später erkannt.

Es war an einem Sonntag. Beim Frühstück hat es angefangen. Kjell hat sich plötzlich mit der Hand auf die eine Backe geschlagen. Er hat gebrummt, in seinen Augen standen Tränen. Und er hat uns mit großen Augen angeguckt. Es war, als ob er irgendwie um Hilfe bitten würde.

Mutter hat Kjell auf den Schoß genommen. Sie hat versucht, ihn zu trösten.

"Kjell hat wohl heute keinen guten Tag", sagte sie. Kjell war unruhig. Er wollte nicht still sitzen. Er hat sich immer wieder auf die Backe geschlagen. Und er hat jedesmal härter geschlagen.

Dann fing er an, auf und ab zu gehen. Er ist von einem zum anderen gegangen, hat an uns gezerrt und uns bittend angeschaut.

Er hat die ganze Zeit gebrummt, die ganze Zeit liefen ihm die Tränen über die Backen. Dann wurde aus dem Brummen ein Geschrei. Mutter und Vater schauten sich an. Ich sah, daß sie verzweifelt waren.

"Was denkst du, kann es sein?" sagte Mutter zu Vater.

"Ich weiß nicht", erwiderte Vater. "Vielleicht hat er irgendwo Schmerzen."

Es tat weh, Kjell so zu sehen. Es tat aber auch weh, Mutter und Vater anzuschauen. Sie sahen irgendwie hilflos aus.

Ich bin zu Kjell gegangen und habe ihn umarmt. Dann habe ich mein Haar an seiner Backe gerieben. Er hat es immer gemocht.

Jetzt wurde er nur noch wütender. Er versuchte, mich zu beißen und zu kratzen.

Mutter hat gesagt, ich sollte mich wehren, wenn Kjell so was macht. Kjell sollte lernen, daß er so was anderen gegenüber nicht machen kann.Er müßte lernen, daß er anderen weh tut, wenn er beißt und kratzt.

Ich habe mich nicht gewehrt. Ich habe nur versucht, seine Hände festzuhalten. Aber Kjell hat starke Arme, er hat sich von mir losgerissen. Ich ging ihm nach und habe seine Arme noch mal gegriffen. Dann hat er mich mit seinem

Kopf fest über die Augen geboxt. Es wurde mir schwarz vor den Augen, und es tat furchtbar weh.

Ich habe, ohne zu überlegen, zugeschlagen. Mein Arm und meine Hand sind wie von selbst ausgerutscht. Ich habe Kjell mitten ins Gesicht geschlagen. Er ist zurückgeschreckt. Dann blieb er ganz still stehen und hat mich nur angeschaut.

Seine Augen waren groß und starr. Sie sagten mir irgendwie, daß er gar nicht verstehen konnte, warum ich ihn geschlagen hatte. Und sie sagten, daß ich es nicht hätte tun sollen. Ich kann mich noch sehr gut an Kjells Augen erinnern.

Ganz plötzlich schmiß sich Kjell auf den Boden. Er hat wütend gebrüllt und fing an, seinen Kopf gegen den Boden zu schlagen.

Vater hat sich neben Kjell gelegt. Er mußte ihn festhalten, damit er sich nicht verletzte. Kjell hat sich wie ein Wurm gewunden, um loszukommen. Er wollte seinen Kopf weiter gegen den Fußboden schlagen. Kjell hatte so was schon einmal gemacht, aber es war noch nie so schlimm gewesen.

Ich wußte nicht, wie schmerzhaft es war. Ich wollte ja gern helfen, aber wie? Ich konnte nichts machen.

Es ging Mutter und Vater wahrscheinlich auch so. Ich habe es in ihren Gesichtern gesehen. Sie wollten um alles in der Welt Kjell helfen.

"Er hat Schmerzen", keuchte Vater. "Es tut ihm bestimmt irgendwo weh. Wir müssen ihm eine Tablette geben."

Mutter lief ins Badezimmer. Sie kam mit einer Tablette wieder, die sie in ein Glas legte. Dann hat sie Saft ins Glas geschüttet. Die Tablette hat gebraust und sich aufgelöst.

Vater hielt Kjell fest. Mutter versuchte, Kjell den Saft mit der aufgelösten Tablette einzuflößen. Kjell hat sich die ganze Zeit gewunden.

Etwas hat er geschluckt. Aber war es genug?

"Du mußt den Arzt rufen", sagte Vater zu Mutter. "Wir müssen herausfinden, was ihn so quält."

Mutter rief den Arzt an.

Kjell wurde allmählich ruhiger. Ich konnte jetzt zu ihm gehen. Es fiel mir nicht leicht, ihm in die Augen zu schauen. Es war, als ob seine Augen die ganze Zeit gefragt hätten: 'Warum hast du mich geschlagen?'

Der Arzt kam, und Kjell lag ruhig auf dem Sofa. Er sah völlig erschöpft aus. Der Arzt hat ihn abgeklopft und mit dem Stethoskop untersucht.

Mutter und Vater erzählten dem Arzt, was passiert war.

“Ich glaube, ich rufe lieber den Zahnarzt an”, sagte der Arzt.

Der Arzt hat angerufen und alles geregelt. Der Zahnarzt würde gleich in seine Praxis kommen. Mutter und Vater sollten Kjell mitnehmen und zu ihm fahren.

Als sie weg waren, kam mir das Haus groß und leer vor. Ich glaube, ich habe mich vorher noch nie so einsam gefühlt. Es war niemand da, mit dem ich über den Schmerz in mir reden konnte.

Ich habe durchs Fenster geguckt und gewartet. Die Zeit verging langsam. Doch endlich kam das Auto. Mutter und Vater sind ausgestiegen. Vater hat Kjell auf seinen Armen getragen.

Kjell war im Halbschlaf. Vater hat ihn in sein Zimmer getragen und aufs Bett gelegt. Auf seinen Lippen war ein wenig geronnenes Blut.

Mutter und Vater erzählten, daß Kjell ein Zahn gezogen werden mußte. Der Zahnarzt hatte gemeint, daß es bestimmt dieser Zahn war, der ihn so gequält hatte.

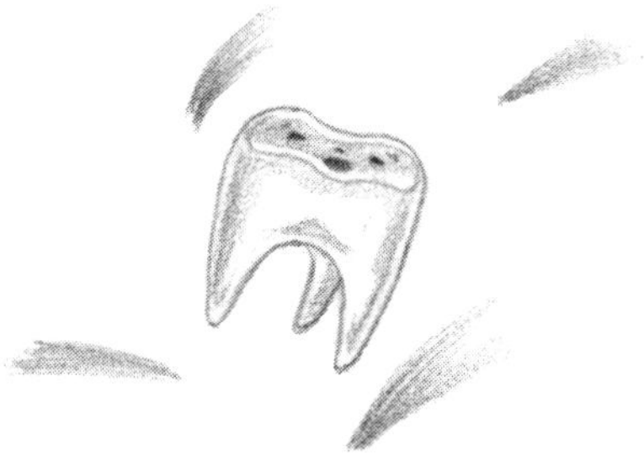

Ich bin auf meinem Stuhl zusammengesunken, als ich das hörte.

“Ich habe ihn geschlagen”, schluchzte ich. “Er hatte große Schmerzen, und ich habe ihn geschlagen.”

Mutter kam zu mir, hob mich auf und nahm mich auf ihren Schoß.

“Du wolltest ihm nicht weh tun”, sagte sie. “Ich weiß, daß du es nicht wolltest. Kjell hat dich mit dem Kopf geboxt, und dann ist es nur so gekommen, ohne daß du es dir überlegt hast. Sei deswegen nicht traurig.”

“Es tut mir trotzdem leid”, sagte ich. “Ich hätte nicht zuschlagen sollen. Es wird nie wieder passieren. Ich werde Kjell nie wieder schlagen. Wenn ich es nur zu ihm sagen könnte, so daß er es versteht.”

“Kjell versteht, daß du ihn gern hast”, sagte Mutter und strich mir übers Haar. “Ich bin mir ganz sicher, daß er es versteht. Deswegen ist er nicht böse auf dich.”

“Wie weißt du das?” fragte ich.

“Ich weiß es”, sagte Mutter. “Ich weiß, daß er es versteht, wenn jemand ihn mag.”

Es war gut, auf Mutters Schoß zu sitzen. Manchmal ist es gut, klein zu sein. Ich bin auf dem Schoß in mich zusammengekrochen. Ich wollte irgendwie wieder ganz klein sein.

“Wir fordern wohl zuviel von dir”, sagte sie. “Du hast immer groß und brav sein müssen. Du hast irgendwie nie klein sein dürfen.”

Etwas später bin ich zu Kjell gegangen. Ich habe mich auf die Bettkante gesetzt und seine Hand genommen.

Kjell war immer noch müde und schlaff. Aber er hat die Augen aufgemacht und mich angeguckt. Dann hat er mich angelächelt. Es war ein kleines, müdes Lächeln, aber ich habe gespürt, wie ich froh wurde.

Seine Hand hat meine gedrückt. Ich habe mich zu ihm gebeugt und mein Haar an seine Backe gelegt

“Ich mag dich, Kjell”, habe ich gesagt.

“Ich wollte dich nicht schlagen. Ich werde dich nie wieder schlagen.”

“Ba, ba, ba”, hat Kjell leise in mein Ohr gesagt.

Er hat den Arm um meinen Nacken gelegt.

Da wußte ich, er versteht, daß ich ihn mag.

Im Wald

Es gibt gute Tage und schlechte Tage.

Ich glaube, Kjell hat meistens gute Tage. Das wünsche ich mir jedenfalls.

Jeden Morgen scheint es, als ob alles neu und spannend ist für Kjell. Es ist, als ob er alles zum ersten Mal sieht.

An Samstagen und Sonntagen gibt es keine Schule und keine Tagesstätte. An diesen beiden Tagen sind Mutter und Vater zu Hause. Mutter arbeitet drei Tage in der Woche und Vater fünf. An solchen Tagen wollen Mutter und Vater morgens lange im Bett bleiben. Kjell aber nicht. Er ist jeden Tag gleich früh auf. Trotzdem glaube ich, daß er die Tage, an denen er zu Hause bleiben soll, erkennen kann.

Vielleicht erkennt er sie daran, weil es an solchen Morgen ganz ruhig im Haus ist.

An solchen freien Tagen ist Kjell oft, lange nachdem er aufgewacht ist, allein in seinem Zimmer. Er hat eine große Kiste voll mit Spielzeug. Das erste, was er macht, ist, sich neben die Spielzeugkiste zu setzen. Dann holt er ein Spielzeug nach dem anderen raus. Er guckt jedes genau an, dann wirft er es weg. Wir können ihn in seinem Zimmer lachen und plappern hören.

Wenn er die Kiste geleert hat, liegt das Spielzeug auf dem ganzen Boden herum. Kjell räumt nicht auf. Es kommt vor, daß wir ihn dazu bringen können, ein paar Spielzeuge wieder in die Kiste zu legen. Ich glaube, er macht es hauptsächlich, um gelobt zu werden. Doch bald hat er genug vom Aufräumen.

Kjell hat in seinem Zimmer auch ein Regal mit Bilderbüchern. Die Bücher haben dicke Deckel und Seiten, so daß Kjell sie nicht gleich kaputt machen kann.

Wenn Kjell mit dem Spielzeug fertig ist, fängt er mit den Büchern an. Am besten findet er die Bücher, in denen Bilder von Tieren sind. Er guckt sich die Bilder an und spricht mit seinen merkwürdigen Lauten zu ihnen.

Er blättert die Bücher schnell durch. Und dann kommen sie auch auf den Boden.

Erst wenn er mit den Büchern fertig ist, geht Kjell aus seinem Zimmer. Dann ist es dort so durcheinander, daß er fast keinen Platz mehr hat.

Ab und zu geht er zu Mutter und Vater und kriecht zu ihnen ins Bett. Sonst kommt er zu mir. Dann lächelt er übers ganze Gesicht. Und dann krabbelt er zu mir und will zum Spaß mit mir kämpfen. Er will, daß ich ihn kitzele und fest umarme. Und dann sollen wir uns im Bett wälzen.

Kjell möchte gern fest umarmt werden. Ich kann ihn gut verstehn, denn ich mag das auch. Ich habe es gern, wenn Mutter oder Vater mich fest umarmen.

Wenn Kjell und ich zum Spaß miteinander kämpfen, gibt es leicht viel Krach. Ab und zu klopft Mutter oder Vater an die Wand. Aber sie machen es nur zum Spaß, sie werden nicht ärgerlich.

“Was für Krachmacher wohnen denn neben uns!” ruft Mutter.

“Wenn es jetzt nicht ruhig wird, müssen wir wohl dem Hausbesitzer Bescheid sagen!” ruft Vater.

“Wir besitzen doch das Haus”, rufe ich zurück. “Und es ist ein Lärmhaus. Alle können soviel Krach machen wie sie nur wollen!”

Es war an einem Sonntag. Kjell hatte seine Spielzeugkiste und sein Bücherregal geleert. Er und ich hatten in meinem Bett gekämpft. Und wir hatten gefrühstückt.

“Heute machen wir einen Ausflug in den Wald”, sagte Vater. “Was haltet ihr davon?”

Es war Sommer, und die Sonne schien. Mutter und ich wollten beide gern raus in den Wald.

Und wir wußten, daß Kjell auch wollte. Er fühlt sich im Wald wohl.

Wir haben Proviant mitgenommen.

Jedesmal, wenn Kjell in den Wald kommt, ist es dort wie eine neue Welt für ihn. So war es auch an diesem Sonntag. Und wie gewöhnlich sind wir nicht weit gekommen.

Kjell untersucht genau, was er im Wald findet. Mal setzt er sich auf einen Baumstumpf und reißt ein bißchen Heidekraut aus. Mal beobachtet er das Heidekraut lange Zeit. Mal spricht er mit den Blumen und den Bäumen. Mal zerpflückt er einen Zapfen in ganz, ganz kleine Teile. Und er hört den Vögeln zu und "antwortet", wenn sie singen.

Diesmal hat Kjell ein paar Waldsternchen gefunden.

Du kennst bestimmt die kleinen, weißen Blumen. Sie sind kaum zu sehen, wenn man schnell vorbeigeht. Aber Kjell setzt sich mitten unter die Blumen. Behutsam zerreißt er mit zwei Fingern eine Blume. Es ist, als ob er Angst hätte, der kleinen Blume weh zu tun. Zuerst hält er die Blume dicht an seine Augen und sieht sie sich lange an. Dann lächelt er und babbelt ganz leise vor sich hin.

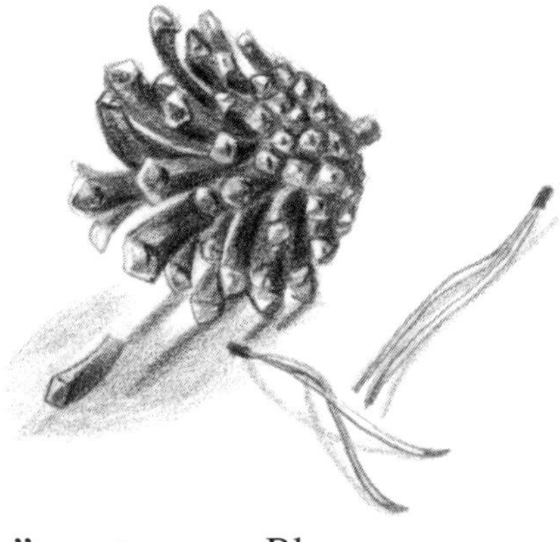

"Ba, ba, ba", sagt er zur Blume.

Dann hält er die Blume an sein Ohr und horcht.

Wir anderen haben zugeschaut.

"Er spricht wohl mit der Blume", sagte ich.

"Das glaube ich auch", sagte Vater.

"Glaubst du, daß ihm die Blume eine Antwort gibt?" fragte ich zum Spaß.

“Vielleicht tut sie das”, sagte Vater. “Jedenfalls glaube ich, daß Kjell vieles sieht und hört, was wir nicht sehen und hören können.”

“Glaubst du das?”

Ich habe Vaters Gesicht angeschaut. Man konnte nicht sehen, ob er gescherzt hatte oder ob er es ernst meinte.

“Ich bin nicht sicher”, sagte Vater. “Aber ich möchte am liebsten glauben, daß es so ist.”

“Ich bin sicher, daß es so ist”, sagte Mutter.

“Ich auch”, sagte ich.

Als ich das sagte, da fühlte ich genau wie ich *wollte,* daß es so wär.

Es gibt vieles, was ich verstehe und Kjell nicht. Deswegen ist es gut möglich, daß er Sachen sieht, hört und versteht, die ich nicht begreifen kann.

Ich möchte, daß es so ist.

Wie immer hatte Mutter für den Ausflug eine Decke mit. Wir legten sie auf den Boden. Dann haben wir Essen und Trinken herausgeholt.

Es ist gemütlich, so auf einer Decke im Wald zu sitzen und zu essen. Und wie gut das Essen dann schmeckt!

Kjell findet es auch. Er bekommt jedesmal eine halbe Schnitte. Er kann das Butterbrot gut halten und ißt winzige Bissen davon. Und die ganze Zeit hört und sieht er, was um ihn herum passiert. Wenn wir so zusammensitzen, schmeißt er nie das Essen weg. Das macht er nur, wenn wir zu Hause sind.

Er ist wirklich komisch, mein kleiner großer Bruder.

Wir waren den ganzen Tag draußen im Wald. Kjell hatte

entschieden, wohin wir gegangen sind. Er ist vorausgegangen, und wir sind ihm gefolgt. Und immer, wenn er zögerte, um etwas zu untersuchen, haben wir auch angehalten. Wir haben das gleiche wie Kjell gesehen, und wir haben darüber gesprochen.

“Kjell entdeckt die kleinen Dinge für uns”, sagte Vater.

Da hat Vater recht. Denn Kjell hat mir gezeigt, wie schön ein kleines Waldsternchen ist und wie ein Zapfen innen drin aussieht.

Die Zeit im Wald ist sehr schnell vergangen. Das kommt wahrscheinlich daher, daß immer was los ist, wenn Kjell dabei ist.

Es war Abend, als wir nach Hause kamen. Kjell war gut gelaunt und müde. Es war ein schöner Tag, und Kjell strahlte über’s ganze Gesicht.

Bevor wir zu Bett gingen, wollten Kjell und ich eine “Seeschlacht” machen.

Mutter nennt es “Seeschlacht”, wenn Kjell und ich zusammen in der Badewanne sind. Da geht es wild zu!

Ich hätte mich nie getraut, so zu spritzen, wenn ich allein gebadet hätte. Aber mit Kjell zusammen darf ich das.

Wir haben herumgeplanscht und -gespritzt, gebrüllt und gelacht.

Mutter sagte, daß das ganze Badezimmer wie ein Schwimmbecken aussah, als wir fertig waren. Doch sie hat nur darüber gelacht.

Kjell war so erschöpft, daß er fast nichts zu Abend essen konnte. Das meiste ist auf den Boden gefallen.

Zum Schluß hat Mutter gefragt, ob er Zähne putzen und zu Bett gehen möchte.

Wenn wir “Zähne putzen” zu Kjell sagen, geben wir ihm ein Zeichen. Dann reiben wir mit dem Zeigefinger über unsere Zähne. Das kann Kjell verstehen. Er macht das gleiche mit dem Finger dann auf seinen Zähnen.

Kjell ist vor Mutter ins Bad gegangen. Er hat seine Zahnbürste und die Zahnpasta gefunden. Aber Mutter mußte ihm beim Zähneputzen ein bißchen helfen.

Nachher hat Kjell mich mit in sein Zimmer gezogen. Er hat ein Buch aus dem Ragel genommen und es mir gegeben. Dann hat er sich auf die Kissen gelegt. Er wollte, daß ich am anderen Ende des Bettes sitzen sollte. Ich sollte ihm vorlesen.

Ich habe die Texte unter den Bildern gelesen. Kjell hat ganz still gelegen und meiner Stimme zugehört. Bald sah ich, wie seine Augenlider schwer wurden und zufielen. Dann ist er eingeschlafen.

An dem Abend lag ich auch nicht lange wach. Ich fühlte mich ruhig und zufrieden.

Mit Kjell im Restaurant

Wenn du mal drüber nachdenkst, wirst du dich bestimmt daran erinnern, daß du dich schon mal schlecht benommen hast. Vielleicht auch schon öfter. Ich weiß, daß ich es getan habe. Aber nach einiger Zeit gibt man so was leichter zu, oder ?

Mutter sagt, daß alle sich manchmal dumm benehmen. Ich glaube, sie hat recht. Und das ist ja auch ein Trost. Wichtig ist, daß wir daraus etwas lernen, sagt Mutter. Außerdem ist es wichtig, daran zu denken, daß es immer eine Ursache gibt, wenn man sich dumm benimmt. Wenn wir daran denken würden, würden wir vielleicht andere nicht so schnell verurteilen.

An einem Sonntag wollten Mutter, Vater, Kjell und ich in ein Restaurant zum Mittagessen. Das kommt eigentlich selten vor. Wir nahmen das Auto und fuhren zwanzig - dreißig Kilometer weg. Dort liegt ein Restaurant, wo man gut essen kann. Außerdem gibt es sonntags Familien-Angebote.

Wenn wir ins Restaurant zum Mittagessen fahren, freue ich mich und gleichzeitig wird mir bang. Du verstehst vielleicht warum?

Ich freue mich, weil es nett ist, ins Restaurant zu gehen.

Außerdem gibt es da einen Spielautomaten. Und ich kriege immer drei, vier Kronen* zum Spielen, wenn wir da sind.

Ich habe Angst davor, was Kjell machen könnte, wenn wir da sind. Er kann nicht verstehen, daß wir uns im Restaurant anders als zu Hause benehmen müssen. Kjell ist eben überall der gleiche.

“Darf ich am Automaten spielen?” habe ich noch während der Fahrt gefragt.

“Du kannst ein bißchen spielen, aber dann mußt du gewinnen”, sagte Vater.

“Ich gewinne ganz bestimmt” sagte ich.

“Ich glaube, daß ich das schon mal gehört habe”, sagte Vater und lächelte.

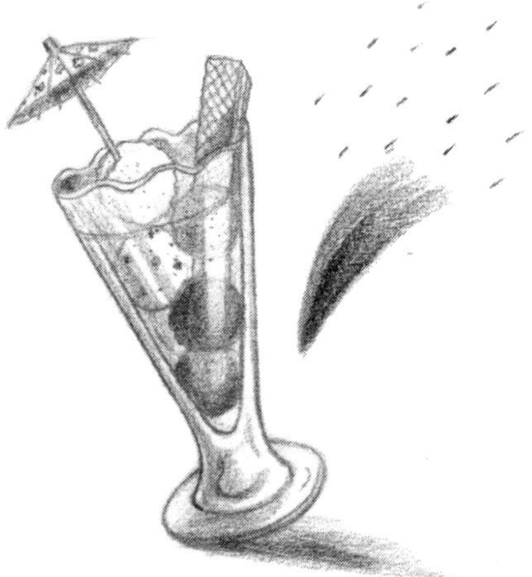

Kjell und ich saßen auf dem Rücksitz. Wir waren angeschnallt. Kjell möchte, wenn wir fahren, am liebsten

*Eine norwegische Krone entspricht ungefähr 27 Pfennig.

auf den Knien stehen und durch die Heckscheibe gucken. Deshalb mag er nicht angeschnallt sein. Früher hat er am Sicherheitsgurt gezerrt, um loszukommen. Aber jetzt versteht er, daß es nichts nützt. Er hat sich beruhigt und guckt statt dessen durch das Türfenster.

Kjell mag Autofahren. Manchmal, wenn er daheim ist, fällt ihm ein, daß er Auto fahren möchte. Dann nimmt er Mutter oder Vater in den Arm und zieht sie zur Tür. Wenn sie dann fragen, was er will, macht er ein Zeichen. Er hebt beide Arme, als ob er ein Lenkrad halten würde. Und dann lenkt er irgendwie von der einen Seite zur anderen. Während er das macht, guckt er Mutter oder Vater mit großen, begeisterten Augen an.

Oft müssen sie nein sagen, dann ist Kjell enttäuscht. Aber ab und zu sagen sie ja und fahren eine kleine Runde mit ihm. Dann strahlt Kjell vor Freude. Ich glaube, daß er froh ist über die Autofahrt und darüber, daß sie ihn verstanden haben.

Bevor wir das Restaurant betraten, war ich ein bißchen ängstlich. Ich hatte gehofft, es wären wenig Leute drin. Wenn viele Leute da sind, starrt immer jemand Kjell an. Ich mag es nicht, wenn Leute ihn anstarren.

Ein Mann und eine Frau saßen an einem Tisch. Sonst war das Restaurant leer. Ich war erleichtert.

Die Frau hinter der Theke kannte uns. Sie hat Mutter und Vater begrüßt und "hallo" zu Kjell und mir gesagt. Sie war zu Kjell genauso wie zu allen anderen. Es ist gut, wenn Leute so sind. Außerdem ist es richtig.

Es gibt in diesem Restaurant sehr gute Fleischklößchen. Die wollte ich haben. Und ich wollte Kohl, Kartoffeln und braune Soße dazu. Mutter und Vater wollten das gleiche.

Kjell hat natürlich nicht gesagt, was er haben wollte. Aber wir wissen, daß er Fleischklößchen mag. Also wurden viermal Fleischklößchen bestellt, zwei große und zwei kleine Portionen.

Mutter hat für Kjell die Kartoffeln und Fleischklößchen mit der Gabel kleingedrückt. So schmeckt das Essen herrlich.

Aber Mutter sagt, daß ich dafür zu groß bin. Jedenfalls im Restaurant.

Mutter und Vater wechselten sich beim Füttern von Kjell ab. Zu Anfang saß er fast ganz ruhig. Er war zu sehr damit beschäftigt, seine Umgebung anzuschauen.

Ich hatte schnell aufgegessen. Viel zu schnell, sagte Vater. Aber ich wollte am Automaten spielen.

Kjell wurde anscheinend auch schnell satt. Er hat auf dem Stuhl gezappelt und wollte aufstehen. Er hat einfach den Mund zugemacht, als sich die Gabel mit dem Essen näherte. Plötzlich haut er mit der Hand ins Essen. Ich habe schnell hinübergeblickt zu den beiden anderen Leuten, die auch im Restaurant saßen. Die Frau hat Kjell ganz entgeistert angestarrt.

Mutter hat Kjells Teller weggenommen. Dann hat sie seinen Mund und seine Hände mit einer Serviette abgewischt.

Vater hat mir drei Kronenstücke gegeben.

"Geh doch mal etwas gewinnen", sagte er. "Aber nimm Kjell mit."

Ich habe das Geld genommen, bin aufgestanden und habe Kjell bei der Hand genommen. Er steht immer neben mir, wenn ich spiele. Er schaut gern zu, wie die Münzen sich in dem Automaten bewegen.

Wir mußten an dem Tisch vorbeigehen, wo der Mann und die Frau saßen. Sie hatten auch zu Mittag gegessen. Jetzt aßen sie ihren Nachtisch. Jeder hatte einen Becher mit Eis vor sich stehen.

Eis gehört zu Kjells Lieblingsspeisen.

Als wir an dem Tisch vorbeigehen wollten, riß sich Kjell von mir los, ganz schnell war er am Tisch und hat den Eisbecher der Frau gepackt.

Sie fuhr erschrocken zusammen. Kjell hatte den Becher in der Hand, aber er konnte ihn nicht halten. Der Becher ist umgekippt, und das Eis floß über den Tisch. Die Frau stieß einen Schrei aus.

Schnell packte ich Kjell und hielt seine Arme fest. Dann zog ich ihn von dem Tisch weg. Es war nicht leicht, denn Kjell wollte ja gern das Eis haben.

Glücklicherweise kam Vater hinzu und hat mir geholfen. Wir haben Kjell zu unserem Tisch zurückgebracht. Dann ging Vater zu dem Mann und der Frau. Ich hörte, daß er sich entschuldigte. Er wollte der Frau ein neues Eis kaufen.

"Nein, vielen Dank!" hat die Frau böse gesagt.

Ich hörte, wie Vater etwas murmelte. Dann kam er zurück zu unserem Tisch. Er und Mutter haben sich angeguckt. Es sah aus, als ob sie lachen würden.

Vater setzte sich. Er redete ein bißchen mit Kjell und sagte: "Nein, nein pfui!"

Dann hörte ich die Frau mit lauter Stimme sprechen:

"Ich habe gedacht, daß man hier in aller Ruhe sein Essen zu sich nehmen könnte. Aber es sieht nicht so aus. Komm, laß uns gehen!"

Der Mann hat nichts gesagt. Beide sind aufgestanden.

"Wie kann man so einen mit ins Restaurant nehmen",

sagte die Frau. “Sie könnten doch etwas Rücksicht auf andere nehmen!”

Als die beiden aus dem Restaurant gingen, wurde mir ganz heiß. Vater hat mich angeguckt und den Kopf geschüttelt.

“Wir vertreiben anscheinend deine Gäste”, sagte Vater zu der Frau hinter der Theke. Sie hatte alles mitbekommen.

“Sie hätte deine Entschuldigung akzeptieren können”, meinte die Frau. “Und dein Angebot, ein neues Eis zu kaufen. Du hast gewiß dein Teil getan. Macht euch deswegen keine Gedanken mehr.”

Ich sah Kjell an. Anscheinend sah er ein, daß er etwas Falsches gemacht hatte. Sein Blick ging von Vater zu der Frau hinter der Theke. Und er saß ganz still.

Es hat immer noch in mir gekocht. Vater und Mutter aßen weiter, als ob nichts passiert wäre. Wie konnten sie nur so ruhig bleiben?

“Was für eine beschissene Ziege”, sagte ich.

Vater schaute mich mit strengen Augen an.

“So was darfst du nicht sagen”, sagte er.

“Das muß ich doch”, sagte ich erzürnt. “Sie war dumm!”

Vater legte Messer und Gabel beiseite.

“Du weißt, was Kjell gemacht hat, war falsch”, sagte er. “Es ist also kein Wunder, daß sie ärgerlich wurde.”

“Es war doch nicht nötig zu ... sagen, daß wir Kjell nicht ins Restaurant hätten mitnehmen sollen”, sagte ich.

“Nein, das war nicht nötig. Aber eigentlich tut sie mir ein bißchen leid”, sagte Vater.

“Die dumme Frau?” fragte ich ganz überrascht. “Mir tut sie kein bißchen leid!”

“Doch, doch”, sagte die Mutter. “Wenn sie nur ein

bißchen nachdenkt, wird sie bestimmt finden, daß sie sich dumm benommen hat, und dann tut es ihr auch leid, da bin ich mir ganz sicher."

"Das glaube ich nicht", sagte ich.

"Vielleicht hat sie noch nie Kontakt mit Leuten wie Kjell gehabt", sagte Vater. "Stell' dir vor, wir würden Kjell heute zum ersten Mal sehen ...

Dann hätten wir uns vielleicht auch dumm benommen. Sie war wohl unsicher. Und vielleicht auch ein bißchen ängstlich."

"Man braucht doch keine Angst vor Kjell haben", sagte ich.

"Wenn uns etwas begegnet, das wir nicht kennen und nicht verstehen, dann werden wir oft ängstlich", sagte Mutter. "Und wenn wir ängstlich und unsicher sind, werden wir oft böse. Das ist eine Möglichkeit, seine Angst loszuwerden."

Ich schwieg und dachte darüber nach. Sie hatte wahrscheinlich recht.

"Glaubt ihr ... glaubt ihr, daß sie böse wurde, weil sie Angst hatte ?" fragte ich.

"Ja, das glaube ich", sagte Vater und fing wieder an zu essen.

"Es ist wichtig, daß wir das kennenlernen und zu verstehen versuchen, wovor wir Angst haben", sagte Mutter.

Ich mußte noch mal nachdenken. Vielleicht hatte ich doch nicht ganz verstanden, was sie meinten. Aber ich fühlte, wie ich innerlich ruhiger wurde.

Ich schaute mir Kjell an. Er saß wieder unruhig auf dem Stuhl.

Könnte ich Angst vor ihm bekommen, wenn ich ihn nicht kennen würde?

Ja, vielleicht.

Ich merkte, daß ich immer noch die drei Kronenstücke in meiner rechten Hand zusammendrückte.

“Jetzt werden Kjell und ich am Automaten spielen”, sagte ich.

“Viel Glück”, sagte Vater und lächelte.

Ich habe Kjell mit zum Automaten gezogen. Er stand neben mir und hat gelacht, als ich spielte. Ich habe ein paar mal gewonnen. Und wenn die Kronenstücke in dem Behälter unten am Automaten gerasselt haben, hat Kjell noch mehr gelacht.

Ich spielte, bis ich keine Münze mehr hatte. So mache ich das immer.

Vater ist dann zu uns gekommen.

“Jetzt wirst du sehen, wie man das macht”, sagte er und steckte eine Krone ein.

Vater hat Kjells Hand genommen und sie gegen den Bügel gehalten, auf den man schlägt. Dann hat er Kjells Hand fest gegen den Bügel geschlagen. Die Münze ist rübergeflogen und in das mittlere Loch gefallen. Sieben Kronen Gewinn rasselten heraus.

Kjell hat vor Lachen fast geschluchzt.

“So wird es gemacht”, sagte Vater. “Kjell weiß, wie man es macht.”

Als wir zurück an den Tisch kamen, warteten dort vier Eisbecher auf uns.

Streit mit einem Freund

Manchmal sage ich Sachen, ohne nachzudenken. Geht es dir das auch so? Wenn man so was macht, kommt es vor, daß man andere Menschen unabsichtlich verletzt. So kann man dann Streit bekommen mit jemandem, den man eigentlich gern hat.

Eines Tages ist mir was Ähnliches passiert.

Es war in einer Schulstunde. Der Lehrer hat was über verschiedene Tiere erzählt. Er hat erzählt, wovon sie leben und wo sie leben. Und er hat Bilder von den Tieren gezeigt.

Zum Schluß hat er das Bild eines Elefanten hervorgeholt. Und dann hat er gefragt, ob wir glauben, daß es in Norwegen wilde Elefanten gibt.

In meiner Klasse ist ein Junge namens Rune. Wir spielen oft zusammen, in der Schule und auch sonst. Wir sind gute Freunde. Rune hat die Frage beantwortet.

"Ja, die gibt es", sagte Rune.

Die anderen in der Klasse haben gelacht und ich auch.

"Wenn man glaubt, daß es in Norwegen wilde Elefanten gibt, muß man doch ziemlich dumm sein", sagte ich laut.

Ich bemerkte, daß der Lehrer mich komisch anschaute. Aber ich habe nicht mehr daran gedacht, denn im gleichen Moment hat es geklingelt.

Als ich auf den Schulhof kam, habe ich Rune gesucht. Ich wollte ihn fragen, ob wir was zusammen machen sollten.

Ich habe ihn am anderen Ende des Schlulholfs entdeckt. Er war mit zwei Jungs aus meiner Klasse zusammen. Ich blieb eine Weile stehen. Dann habe ich gesehen, daß sie auf mich zukamen.

Gerade vor mir hielten sie an.

“So! Du meinst also, daß ich dumm bin”, sagte Rune.

“Das meine ich doch nicht so”, sagte ich schnell.

“Du hast es in der Stunde gesagt”, sagte er. “Du hast es gesagt, so daß alle es mitgekriegt haben. Hast du das etwa nicht?”

“Ich habe es nicht so gemeint ...” fing ich an. Dann habe ich geschwiegen. Etwas in Runes Augen hat mich zum Schweigen gebracht. Etwas, das ich noch nie gesehen hatte.

“Du hast es gesagt”, sagte er mit lauter Stimme. “Du hast gesagt, daß ich dumm bin. Denkst du, ich habe es nicht gehört? Nicht wahr, er hat es gesagt?”

Rune schaute die beiden anderen Jungs fragend an. Sie nickten beide.

“Aber ... Das war doch nur, weil du gesagt hast, daß es in Norwegen wilde Elefanten gibt”, sagte ich.

“Das habe ich nicht gesagt”, sagte Rune. “Ich habe gesagt, daß es Elefanten in Norwegen gibt. Und gibt es sie etwa nicht?”

“Doch, aber sie sind nicht wild”, sagte ich. “Und das hat der Lehrer gefragt.”

“Ich habe nur gemeint, daß es Elefanten in Norwegen gibt”, sagte Rune. “Im Zirkus und so was. Nicht wahr? Habe ich das so gemeint?”

Nochmal guckte er die beiden anderen an. Und sie nickten.

Jetzt sah ich, daß mehr und mehr Kinder dazukamen. Und ich spürte, daß etwas Böses passieren würde.

“Ich dachte, du hast wilde Elefanten gemeint”, sagte ich schnell. “Ich habe nur deswegen gesagt ...”

“Du hast gesagt, daß ich dumm bin”, wiederholte Rune.

“Du denkst, daß du besser bist als die anderen. Deswegen hast du es gesagt. Du glaubst, daß du mehr Ahnung hast.”

“Deswegen habe ich es nicht gesagt!”

“Doch, deswegen. Nicht wahr?”

Die beiden Jungs nickten wieder.

“Es ist nicht wahr”, sagte ich. “Du weißt, daß es nicht wahr ist, Rune!”

“Sagst du jetzt auch noch, daß ich ein Lügner bin.” Runes Stimme klang drohend. “Zuerst sagst du, daß ich dumm bin. Und jetzt, daß ich ein Lügner bin. Wofür hälst du dich eigentlich? Du mit deinem schwachsinnigen Bruder! Ein Bruder, der verrückt ist!”

Viele Augen waren jetzt auf mich gerichtet. Aber auf einmal war es, als ob sie alle verschwanden. Alles wurde schwarz.

Ich bin auf Rune gesprungen. Er ist nach hinten gefallen. Dann saß ich auf ihm und habe ihm ins Gesicht geschlagen.

Irgendwann hat mich jemand gepackt und weggezerrt.

Ich habe eine wütende Stimme gehört. Sie kam irgendwie aus weiter Ferne.

“Was soll das überhaupt bedeuten? Was ist mit dir los? Bist du von Sinnen, Junge?”

Es war einer der Lehrer.

“Er ... er ist genauso verrückt wie sein Bruder”, hat Rune geschluchzt.

Ich habe ihn angeschaut. Sein Gesicht war blutverschmiert.

Rune und ich mußten zum Direktor. Ich hörte, wie er mich etwas fragte. Aber ich konnte nicht antworten. Es war, als ob ich in einem klitzekleinen Raum wäre; ganz allein. Alle anderen waren außerhalb. Der Direktor war außerhalb und Rune auch.

Ich wartete im Büro des Direktors, bis Mutter mich mit dem Auto abholte.

Mutter und ich waren allein in meinem Zimmer. Ich hatte alles hervorgeschluchzt. Mutter saß auf der Bettkante, und ich lag auf dem Bett mit dem Gesicht zur Wand.

“Sieh mich an”, sagte sie.

Ich mußte mich umdrehen. Ihre Augen sahen traurig aus. Und das ist noch schlimmer, als wenn sie wütend gucken.

“Ich kann doch nicht mit einem zusammen sein, der sagt, daß Kjell schwachsinnig ist. Das verstehst du doch?”

“Rune möchte vielleicht nicht mit einem zusammen sein, der sagt, daß er dumm ist”, sagte Mutter.

“Ich habe nicht gesagt, daß er dumm ist!”

“So hat er es aber verstanden. Und vielleicht hatte er auch einen guten Grund dafür.”

“Du gibst Rune recht”, sagte ich empört. “Du gibst jemandem Recht, der sagt, daß Kjell ein Schwachsinniger ist!”

Mutter seufzte und stand auf.

“Jetzt hast du wohl genug Unüberlegtes für heute gesagt”, meinte sie. “Deswegen brauchst du auch nichts mehr zu sagen, bevor du es dir überlegt hast. Ich glaube, daß du eine Weile allein sein mußt. Und versuche, darüber nachzudenken, was heute passiert ist. Vielleicht kannst du dich auch in Runes Lage versetzen. Wenn du das schaffst, wirst du das Ganze bestimmt besser verstehen.”

Mutter ging aus dem Zimmer und schloß die Tür hinter sich.

Ich lag auf dem Bett und schaute an die Decke. Und ich habe einen harten Kloß im Bauch gespürt.

Zuerst wollte ich nicht denken. Ich wollte nur böse sein auf Rune. Ich wollte ihn hassen.

Ich hörte ein Auto kommen. An den Geräuschen erkannte ich, daß Kjell gekommen war. Er hat geplappert und gelacht.

Dann war es jedenfalls für Kjell ein guter Tag.

Die Tür zu meinem Zimmer flog auf, und Kjell kam

herein. Vor dem Bett machte er halt und schaute mich an. Zuerst lächelte er. Dann wurde er ernst.

Ich weiß nicht, was in seinem Kopf los war. Erkannte er, daß ich einen schlechten Tag hatte?

Kjell hat sich neben mich aufs Bett gelegt. Behutsam hat er sein Gesicht gegen mein Haar gedrückt.

"Schmuus, schmuus", sagte er leise.

Es war fast ein normales Wort. Er hatte es noch nie gesagt. Warum hat er es gerade jetzt zum ersten Mal gesagt?

Morgens, wenn er zu mir kommt, sage ich zu ihm:

"Jetzt wollen wir schmusen."

Dann liegen wir eine Zeitlang nebeneinander im Bett. Ich reibe mein Haar an seiner Backe. Kjell liegt ganz still. Wir können lange Zeit so liegenbleiben. Dann weiß ich, daß Kjell sich wohlfühlt. Und ich fühle mich auch wohl.

"Schmuuus, schmuuus", hat Kjell nochmal gesagt.

"Ja, du und ich werden schmusen", sagte ich.

Als ich das sagte, fühlte ich, wie der Kloß im Bauch weicher wurde.

Ich hörte das Telefon klingeln und Mutter lange sprechen. Kjell lag ganz still.

Auf einmal kamen in mir die Gedanken und Bilder wieder hoch. Alles, was in der Schule passiert war. Alles was gesagt und geschehen war. Zum Schluß sah ich das Blut in Runes Gesicht.

Mutter ist leise zu uns hereingekommen. Sie hat auf Kjell und mich heruntergeschaut und gelächelt.

"Kjell muß jetzt essen", hat sie gesagt.

Kjell hat es verstanden und hat seinen Mund berührt. Dann ist er aufgestanden, und Mutter hat ihn bei der Hand genommen.

“Möchtest du jetzt auch was essen?” hat Mutter mich gefragt.

“Nein ... ich, ich habe keinen Hunger.”

“Dann kannst du ja später essen, wenn wir Besuch bekommen”, sagte sie.

“Kommt uns jemand besuchen?”

“Ja, Rune und seine Mutter kommen gleich vorbei.”

Ich war richtig erschrocken.

“Aber ... ich will nicht ... ich kann jetzt nicht mit Rune reden. Ich kann es nicht!”

“Du mußt”, hat Mutter gesagt.

“Du und er, ihr müßt miteinander reden. Ihr habt was zu klären.”

Kjell hat Mutter mit hinausgezogen. Ich bin aufgestanden und habe die Tür zugemacht.

Ich mußte mich nochmal aufs Bett legen.

Wie könnte ich jetzt mit Rune reden?

In mir waren gleichzeitig viele Gefühle. Ich war traurig, ein bißchen ängstlich und etwas angespannt.

Ich hätte weglaufen können. Wenn sie kämen, könnte ich aus dem Fenster springen und in den Wald laufen.

Nein, das könnte ich nicht tun. Tief in mir drin spürte ich, daß ich nicht weglaufen konnte.

“Das hier ist etwas, das muß ich schaffen”, habe ich zur Decke geflüstert.

Nachdem ich das geflüstert hatte, habe ich mich müde, erschöpft und leer gefühlt.

Ich weiß nicht, ob ich eingenickt bin. Jedenfalls bin ich hochgefahren, als die Tür zu meinem Zimmer aufging.

Zuerst habe ich gedacht, es wäre Kjell. Ich habe hochgeguckt. Rune stand da. Er sah mich mit einem schnellen Blick an. Dann schaute er zu Boden.

"Hallo", sagte er leise.

"Bist du ... mit deiner Mutter gekommen?"

"Sie sitzt mit deiner Mutter im Wohnzimmer. Sie trinken Kaffee. Sie haben gesagt, daß ... daß wir beide eine Weile allein sein sollten."

"Haben sie das gesagt?"

"Ja."

Rune starrte auf irgendeinen Punkt an der Wand.

Wir waren einander irgendwie fremd. Es war, als ob wir uns das erste Mal treffen würden.

"Du?"

Das kam fast gleichzeitig. Dann waren wir beide still. Ich habe mich aufgesetzt.

"Setz dich doch", sagte ich.

"Mmmmmm."

Rune setzte sich vor meinem Schreibtisch ganz vorn auf die Stuhlkante.

Ab und zu begegneten sich unsere Augen.

Aber keiner von uns traute sich, den anderen etwas länger anzusehen.

"Du ... du hast geblutet", sagte ich dann.

"Es war nicht so schlimm", sagte Rune. "Nur ein bißchen Nasenbluten."

"Hat es ... weh getan?"

"Nur ein bißchen." Rune zuckte mit den Schultern.

"Es wurde mir irgendwie ganz schwarz", sagte ich.

"Und ich bin auf dich losgerannt. Ich wollte nicht."

"Es ist kein Wunder, daß du ärgerlich wurdest", sagte Rune.

Wir haben nochmal geschwiegen. Jetzt konnten wir einander länger anschauen.

"Ich hätte es nicht sagen sollen", sagte Rune nach einer Weile.

"Ich habe es nicht so gemeint. Es ... es ist einfach so gekommen."

"Das war, weil ich in der Stunde gemein zu dir war."

"Deswegen hast du es gesagt. Ich war zuerst gemein. Ich habe nicht überlegt, was ich sagte."

Jetzt kam alles wie von selbst. Wir haben geredet und

geredet. Wir haben beide versucht, zu erklären. Wir haben schnell geredet und die Worte gingen oft durcheinander. Aber wir haben uns trotzdem verstanden. Wir kapierten, daß wir uns gegenseitig weh getan hatten. Keiner von uns hatte es gewollt. Wir hatten nur nicht drüber nachgedacht.

Jetzt mußten wir das Unangenehme, das zwischen uns stand, schnell wieder bereinigen.

Dann gab es noch mal eine kleine Pause zwischen uns beiden.

Schließlich sagte Rune:

"Wir beide sind ... Freunde, nicht wahr?"

"Ja, das sind wir", sagte ich. "Du und ich, Rune, wir sind gute Freunde."

Erst war es noch ein bißchen komisch. Aber wir konnten einander in die Augen schauen und lächeln.

"Wollen wir spielen?" fragte ich.

"Jetzt haben wir uns aber Saft und Kuchen verdient,

nachdem wir miteinander geredet haben", sagte Rune.

Wir gingen ins Wohnzimmer. Unsere Mütter saßen dort und tranken Kaffee. Auf dem Tisch stand ein Schokoladenkuchen. Und eine Kanne Saft mit Gläsern.

Unsere Mütter haben uns prüfend angeguckt.

"Möchtet ihr jetzt Saft und Kuchen?" hat Mutter gefragt.

"Ja, danke", sagte ich. "Und dann gehen wir spielen."

Ich hatte gesehen, wie sie sich zulächelten.

"Ich denke, ich muß jetzt nach Hause", hat Runes Mutter schließlich gesagt.

"Kann ich noch hierbleiben?" hat Rune gefragt.

"Meinetwegen gern", hat Runes Mutter gesagt. "Wenn es dir recht ist." Dabei schaute sie Mutter an.

"Natürlich ist das in Ordnung", sagte Mutter lächelnd.

"Alles ist jetzt wieder in Ordnung."

Ich spürte, daß sie Recht hatte. Alles war wieder in Ordnung. Und der Kloß in meinem Bauch war jetzt auch ganz weg.

Ein Bruder, der mich braucht

Jetzt kommt Kjell fast jeden Morgen zu mir.

“Schmuus, schmuus”, sagt er.

Dann kommt er zu mir ins Bett. Er reibt seine Nase an meinem Haar.

“Schmuus, schmuus”, sagt er nochmal.

Wenn wir so liegen, fühle ich, daß er *mein* Bruder ist. Und ich fühle, daß es gut ist, einen Bruder zu haben, egal *wie* er ist.

Kjell wird nie allein zurechtkommen. Er braucht Leute um sich, die ihm helfen und auf ihn aufpassen können.

Mutter sagt, daß alle Menschen Hilfe brauchen. Sie hat wohl recht. Nur Kjell braucht mehr Hilfe als die meisten anderen.

Ich habe einen Bruder, der mich braucht. Das ist manchmal anstrengend und schwer. Aber meistens ist es gut. Und ich würde ihn gegen keinen anderen tauschen.

Wenn alle Kjell kennenlernten, denke ich, daß sie ihn auch mögen würden, so wie er ist. Ich kenne Kjell, und ich mag ihn. Und ich bin sicher, er weiß das.

Ein Buch, das zu mehr Verständnis führt:

Cordula Zickgraf

Mit einem Bein im Leben

152 Seiten. Gebunden.
ISBN 3-7903-0344-5

„In ‚Mit einem Bein im Leben‘ erzählt die Autorin, wie die junge Andrea damit fertig wird, daß ihr nach einem Verkehrsunfall ein Bein abgenommen werden muß. Ohne Sentimentalität schildert sie die körperlichen und seelischen Schwierigkeiten des jungen Mädchens nach der Amputation. Das gelingt ihr ebenso glaubhaft wie die Beschreibung von Andreas Familie und Freunden. Cordula Zickgrafs Sprache ist klar und zurückhaltend. Ein Buch, das Anteilnahme weckt, weil es nichts beschönigt oder idealisiert, sondern die langsamen Schritte eines jungen Menschen auf einem schweren Weg mit großer Einfühlung beschreibt.“

Frankfurter Allgemeine Zeitung

Buch des Monats der JuBu-Crew, Göttingen
Eule des Monats (Bulletin Jugend + Literatur)